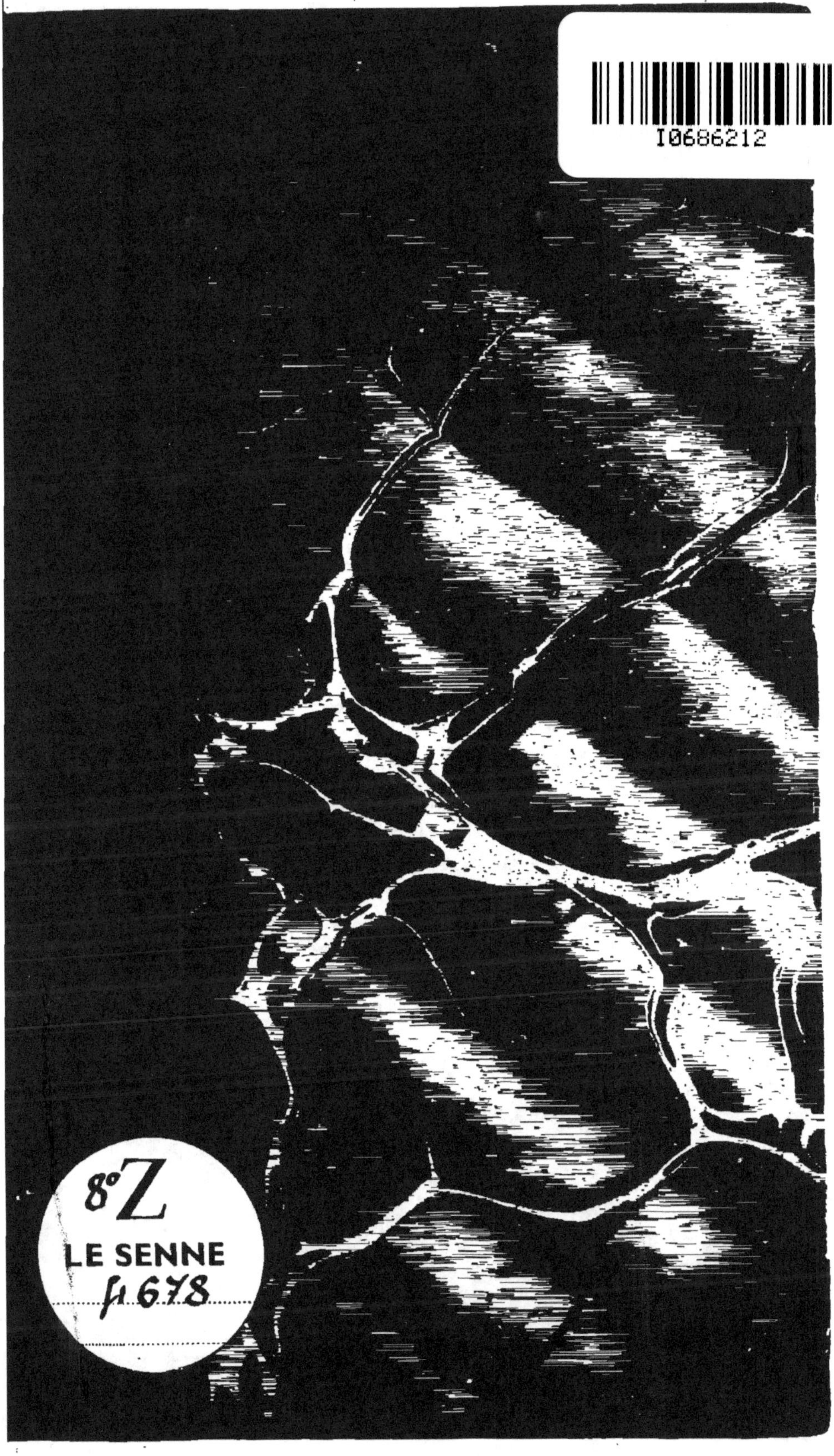

158. **Paris** (Approvisionnement de). Discours oeconomique non moins utile que récreatif monstrant comme de cinq cens livres pour une foys employées, l'on peut tirer par an quatre mil cinq cens livres de profict honneste qui est le moyen de faire profiter son argent sans usure, par M. Prudent le Choyselat, procureur des Majestez du Roy et de la Royne, à Sézanne. A Freius, par le Bon Mesnager, 1598, pet. in-8, ancienne figure à l'eau-forte ajoutée, v. marbr. (Bel exemplaire).   50 fr.

Édition fort rare de cet ouvrage curieux. Il y est traité spécialement de l'élevage de la volaille et du commerce des œufs. « Premièrement il te convient retirer, dit l'auteur, ès environs de la ville de Paris, célèbre et renommée par tout le rond de la terre... Tu employeras la somme de trois cens livres en achat de bonnes poules qui te pourront conster a raison de cinq sous la pièce... Les pais d'Anjou, de Touraine et de Lodunois ont esté les pays avec la Bretaigne moins infectez des guérres, esquels les poules sont bonnes et bien ramassées et bien membrues où ta pourras faire ton emploite... Tu prendras habitude et cognoissance à quinze ou vingt revenderesses et regratieres de celles qui ont la babillaere mieux emmenchée qui sont espandues par divers endroits et carrefours de ladite ville, comme aux Halles, à la porte Baudays, à la Place Maubert, à Petit Pont, à la Pierre au Laict, à la Porte de Paris, au Cimetiere S. Jean et autres lieux, lesquelles tu assureras de leur fournir par jour à chascune un certain nombre d'œufs frais pondus qui les vendront et distribueront à ton profit, avec salaire modéré, etc... etc... » La figure ajoutée représente une marchande d'œufs au panier.

DISCOVRS

OECONOMIQVE, NON
MOINS VTILE QVE RECREATIF,
monſtrant comme de cinq
cens liures pour vne foys employées, l'on peult tirer par
an quatre mil cinq cens liures
de proffict honneſte, qui eſt
le moyen de faire profier ſon
argent.

Par M. Prudent le Choyſelat,
Procureur du Roy à Sezanne.

A ROVEN,
Chez MARTIN le MENESTRIER, tenant ſa
boutique au haut des degrez du Palais.
Iouxte la coppie imprimée à Paris.
Auec Priuilege.

1612.

A MONSEIGNEVR MON-
SIEVR LE COMTE DE ROCHE-
fort, Damoiſeau de Commercy,
Cheualier de l'ordre du Roy, &
Capitaine de cinquante hommes
d'armes de ſes ordonnances.

ONSEIGNEVR, ayant dès ma
ieuneſſe mis en memoire le precepte d'Apellés, Peintre treſ-
inſigne de ſon temps, qui com-
mandoit à ſes apprentifs de ne paſſer un
iour ſans faire traict ou lineature, à fin de
les tenir en aleine, (comme le veneur
ſon leurier) nous monſtrant par ce precepte combien oyſiueté eſt à fuir, & combien eſt grande la perte du temps & deſa-
couſtumance du travail : pour ne tomber
contre ce precepte par ce temps tumul-
tueux & turbulent, compoſé de guerres
inteſtines & plus que ciuiles, ie me ſuis
amuſé à tirer la ligne ſur vn humble &
petit ſubiect, & dreſſer vn Diſcours fai-
ſant partie de l'œconomie ruſtique, pour
monſtrer comme l'homme diligent peult
tirer d'vne petite ſomme grandiſsime

profit, hors de tout gaing des-honneste.
Quoy faisant, ie me suis mis en liberté
d'esprit, & recréé par moy-mesme à la
compagnie de mes liures, reiectant toutes crainctes que les troubles me présen-
toyent. Et pour-ce que ie sçay que apres
longue pratique des armes & grand trauail qu'auez receu d'icelles, le trauail des
lettres vous plaist & apporte delectation,
comme chose bien seante à grands seigneurs, au ranc desquels vous tenez lieu
non mediocre, parmy lesquels l'on voit
les armes & les lettres, la magnanimité &
la prudence marcher de pas esgal, i'ai
prins hardiesse vous presenter ce mien petit labeur : de la lecture duquel se pourra
tirer vne heure de recreation. Ie me suis
donné peine de dresser ce petit mesnage
par vn ordre tel que le negociateur soit
instruict en toutes ses parties tant à l'a-
chapt, & conseruation des choses achap-
tées, qu'à la distribution : & l'asseurer
qu'il n'aura faute de marchans. Ce petit discours est du temps des troubles de
l'an 1567. 72. 75. 84. & 1585. parauant
que le vent Cecias eût tiré la nuée des
troubles és pays de Poictou & du Lodunois, où i'avois dressé le marchant pour
faire son emploicte, comme se verra par
la lecture.

MONSEIGNEVR, ie vous prie le recevoir de celuy qui a cest honneur que de vous serviteur, & qui desire y estre perpetué.

Prudent le Choyselat,
Procureur du Roy
à Sezanne.

SVR. LE DISCOVRS
OECONOMIQVE DE
Prudent le Choyſelat.

Par François de Beſle-foreſt, Comingeois.

ES Thraces chanterent Orphée
Qui au ſon plaiſant de ſa voix
Anima les rochs, & les bois,
Et du vers dreſſa vn trophée
Qui reſonant en lieux diuers
Encor fut vainqueur aux Enfers.

Les Grecz embraſſans le meſnage
Vn Theocrit louangeront
Et ſes eſcripts reciteront
Qui s'amuſent au labourage,
Et qui d'vn bergier fort ſoigneux
Loüent l'eſtat laborieux.

Les Latins fertils en ſcience
Et ornez de diuin ſçavoir,
Et armez d'vn riche pouuoir
Surpaſſant la Grecque prudence,
D'vn Varron parade feront
Et d'vn Maron ſe targueront.

Ils mettront en ieu Columelle,
Son ruſtique & ſon meſnager.
Et le moyen de bien iuger

Le fermier, & cafe nouuelle
De celuy qui nourry aux champs
Suftante le plus des vivans.

  Mais tout cela eft peu de chofe
Au prix de ce que Choyfelat
Avec grande raifon debat,
Et que fagement il propofe,
Avec vn prouffit non cogneu   .
N'y de ces viellards onques veu.

  Il ne chante point les merueilles
La naiffance, ou accroiffement,
Le couroux ny bourdonnement,
Ny le doux babeur des abeilles :
Il laiffe les camuz troupeaux
Et les haras riches & beaux. ·

  Il embraffe les Geliniers
Les Cocqs & les œufz faifonnez
Et les iuchoirs bien ordonnez,
Et les mains les plus mefnageres
De celuy qui de peu, ou rien
Peut paruenir à vn grand bien.

  Il defcrit auec grand doctrine
Et la figure, & la couleur,
La nourriture, & la vigueur
Et du Cocq, & de la Geline :
Pour le prouffit du mefnager,
Comme on doibt les paiftre & loger.

  Il fçait de la race hardie
Les faifons & l'age certain,
Et monftre d'vn art en rien vain

De ces oyseaux la maladie :
Et puis comme experimenté
D'escrit l'ordre de leur santé.
   Que diray plus ? en peu de chose
Choyselat monstre son sçavoir,
Et mesnager se faisant voir
Vn plus grand cas de soy propose,
Appaisant en ces plaisans ieux
Le plus de ses ennuis fascheux.
   Et riant embrasse l'histoire
Et la prudence de la loy,
Si qu'il emporte comme voy
Sur maint escrivant la victoire,
Emportant plus auec ses ris
Qu'autres en leurs sages escris.

L'AVTHEVR A SON AMY
affligé des guerres ciuiles des an-
nées 1567. 69. 72. 75. 80. 84.
& encor à prefent.

ES calamitez, les encom-
briers, les miferes & ennuis
iffuz de l'infolence en laquelle étoit plongé le peuple
en ceft aage de fer : de fer
puis-ie dire, endurcy à tout mal-heur,
nous a tefmoigné fuffifamment combien
eft veritable le prouerbe des anciens,
qui dict que, Iupiter eft tardif à vifiter
fa peau de cheure, mais que finalement
il ne permet impunité au malefice. Nous
l'auons veu à l'œil, & fenty par effect
en noftre France, à l'éleuation de ces
troubles derniers furuenuz comme vne
grefle inopinee : lefquelles comme for-
tans de la boëte de Pandore, ou d'vne
prifon rompuë & defbrifee, fe font tel-
lement efpandus fur les hommes, &
ont faict telle ouuerture à vice & mef-
chanceté, que toute efpece de mal s'eft
mife aux champs. Mars vindicateur de
l'ire des Dieux en a vomi fa cholere fi
demefurée, que l'ardeur d'icelle les a.

efchauffez , non - feulement à guerres
focialles , mais à toute machination
à pilleries , meurdres , affafinatz :
& comme dict Ciceron , phalarifmes
& cruelles inhumanitez. Vulcan laiffant fa propre region a fuiui ce défaf-
tre , & cerché nouuelle colonie pour
exercer fes operations , de façon qu'il eft
ayfé à iuger que ces malheurs font tom-
bez fur les hommes , pour leur remettre
en memoire leur vieilles debtes recher-
chées en cefte peau , & defquelles tu as
payé ta cotte , comme i'ai cogneu par
les plainctes & doleances des pertes que
tu as faictes du degaft de ton mefnage ,
tant bien dreffé du trauail de ton labourage , rompu du fac & pillage de tes meu-
bles. En quoy ie plains ta fortune , comme naufrage commun , mais patience furmonte : & pour y fubuenir ie n'en ay
moyen , finon par vn aduis & confeil.
Tu fçais que toute ma vie i'ai employé
peu de temps à amaffer chofes caduques
& temporelles , & que ie me fuis pluftoft arrefté à contenter & repaiftre l'ef-
prit de lectures , & chercher ce que peu
de perfonnes ont trouué : Toutesfois
pour n'eftre pareffeux à fubuenir à l'amy
en neceffité , & ayant entendu qu'il t'eftoit refté quelque cinq ou fix cens liures

que tu auois caché, preuoyant vn si pi-
teux defaſtre, il m'a ſemblé affin que tu
ne diminuë en rien ta façon de viure,
de te dreſſer ceſt état, par lequel facillement tu rentreras en brief en auſſi ample & grand reuenu caſuel comme tu
auois parauant ces troubles : maniant ce
peu d'argent auec la dexterité comme
ſçauras bien faire, ſi tu veux ſuyvre co
conſeil.

Ton reuenu veritablement conſiſtoit
en meſnage de toutes ſortes de beſtial,
bœufz, vaches, iumens, brebis, moutons, & volailles, & autres choſes qui
font rire celuy qui s'eſt voué à la vie ruſtique. Ie puis eſtre teſmoing comme ta
table eſtoit preſté à tes familiers : comme
ta femme & ta fille eſtoient remarquez
d'honneur, pour le ſoing de ta famille,
entretenuë par la parſimonie & la frugalité requiſe qu'elles y gardoient en temps
& ſaiſon : Et de quel heur tu eſtois eſ-
timé par ta liberalité enuers tes voiſins &
amis. Mais puiſque fortune t'a tourné vi-
ſage (comme elle eſt couſtumiere quand
le temps s'accorde auec elle) tu doibs la
retirer & ne la laiſſer ſeiourner auec toy
en ce meſme regard : Doncques il te
fault oublier les pertes paſſées, & pen-
ſer d'vn gain futur, auquel tu paruien-

dras aifément auec cefte petite fomme ,
fi tu l'employe comme ie te donneray
l'aduertiflement , & fans danger de note
fordide, ou d'eftre recherché de ta vie
ou de gaing exceffif. D'auantage, ton
mefnage florira , & ton nom fera plus
cogneu parmy les Françoys, que ne fut
entre les Grecs le nom de celuy qui brufla
le temple de Diane Ephefienne.

Et afin de ne faire plus longs propos ,
aduife à colloquer ta fomme en achapt
de poulles, non pas Meleagrides, que
Belon en fa peregrination a voulu dire
eftre noz poulles Indiennes, qui font
vrays greniers à auoyne, mais des poulles communes du pays, & y negocie par
la fortune cy après efcrite : Et ne fois fi
impatient que tu n'attende le periode.

PREMIEREMENT, Il te conuient
retirer és enuirons de la ville de Paris celebre & renommée par tout le rond
de la terre, pour eftre l'empor & fiege
de tous bons artz & fciences, & popu-
leufe de toutes fortes de perfonnes, s'il
en eft foubz le ciel. Illec confideré l'af-
siette de quelque lieu bien bafti de ma-
noer & eftables, qui ayt court & accin
de la continence de deux arpens, plus ou
moins, clos & fermé de murailles affez
hautes, avec quelques deux autres arpens

és environs du cloz , defquels accincts
fe trouuent affez pres ladicte ville baftis
d'antiquité , Ainfi tu ne pourras dire ,
ayant tel lieu ; eftre logé à l'eftroict , car
Quintus Cincinatus feranus , citoyen de
Rome , tel nommé pour auoir les che-
ueux teftonnez & recroquillez , n'en
poffedoit dauantage quant il fut appellé
à l'honneur de dictature : comme a remarqué *Valere le grand* en fon 4. liure ,
chapitre 413. Ou bien 8. de la Rubri-
che de Pauureté.

Tu prendras ce manoir & accin à tiltre
de ferme pour certaines années , moyen-
nant vne penfion d'argent par an , pour
y faire ta demeure auec ta famille. Tu
difpoferas les eftables pour y dreffer des
geliniers , Et s'il eft poffible , que les eftables ayent leurs vuës & regard droit à
l'Orient hibernal , afin que le foleil du
matin puiffe donner le bon iour aux
poulles , qui fe delectent fort du foleil
matutinal : Comme note *Columelle* au 9.
liure de l'Agriculture , & *Varron* au 3.

Les geniliers feront propices & prom-
tables pour les poulles , s'ils font follez ,
& par deffus terraffiez d'argille , pource
que la poulle ayme à foy veautrer , & de-
fire eftre tenue chaudement : pourtant
n'y le plaftre n'y le carreau y font bons.

QVE les montouers & iuchoirs foient éleuez par deffus la terrace de deux piedz; & que les montouers foient plats & non pas ronds, parce que la poulle ne courbe les ongles comme les autres oyfeaux qui agrappent leurs montouers.

QVE les geniliers par iour foient ouuers afin qu'ils foient euentez ; & que l'air de la nuict en foit plus ayfement exalé & tranfpiré, afin qu'il ne caufe quelques mauuais fentimens.

Av deffoubs des geniliers par les eftables feront difpofez panniers affez amples, qu'il conuiendra garnir de foing pour recevoir les poulles à pondre, qui fera plus propice que la paille, tant à caufe qu'il eft plus delié & plus doux, qu'aufsi il eft plus chaloureux, & n'eft fi fubiect à engendrer poux ou autres vermines. Ie n'entens pas qu'il foit de telle cherté que celuy qui fe vendoit quatre attiques la poignée, pour feruir de viande aux perfonnes, du temps de la famine de Hierufalem : comme a efcrit *Iofephe* au feptiefme liure, chap. 7. de la guerre des Iuifs, reuenant les quatre attiques à quatorze folz, & trois folz fix deniers pour attique, autant que le denier Romain : Ainfi que *Budé*, homme bien verfé en toute literature, a monftré en fon liure de Affé.

QVANT tu auras ainſi diſpoſé tes
geliniers, & iceux aſſeurez contre les beſ-
tes qui pourroient offencer les poulles,
par nuict ou par iour, quant elles ſont
aux panniers, & que tu auras preparé logis pour les receuoir & heberger, tu employeras la ſomme de trois cens liures en
achapt de bonnes poulles, qui te pourront
couſter à raiſon de cinq ſolz piece, pour
la cherté ſuruenuë à l'occaſion des guerres, qui ſeront douze cens poulles, à
vingt-cinq liures pour cent.

LES pays d'Anjou, de Touraine & de
Lodunois ont eſté les pays auec la Bretaigne, moins infectez deſdictes guerres,
eſquels les poulles ſont bonnes & ramaſ-
ſées & bien membrues, où tu pourras
faire ton emploite.

TV choiſiras des plus ieunes, qui ſont
plus aſpres à pondre que les vieilles, les
vulgaires plus que les genereuſes ou flan-
draſſes, les noires, rouſſes, ou tannées
qui ſont plus fecondes que les griſſes ou
blanches: comme *Ariſtote* l'a aſſeuré en
l'hiſtoire des animaux, livre ſixieſme,
premier chap. Et encores celles qui ont
la creſte doublée & droicte, comme le
teſmoigne *Pline* en l'hiſtoire naturelle,
dixieſme liure, chapitre cinquante trois
& cinquante ſix : *Paladius* & *Pierre de*

Crefcens Italien Boulonnois en fon bon mefnage : *Charles-Eftienne* homme de noftre temps , de diligent recueil des chofes œconomiques, en fa maifon ruftique.

LES moyennes font les meilleures, ayant la poictrine large , le corps entaflé, non ergottées comme le coq, pour ce qu'elles caffent leurs œufz : & non trop graffes, tefmoing la bonne femme, qui éprife de l'amour de fa poulle , l'engrefla fi bien qu'elle ceffa fa ponte, comme recite *Efope* en fes Apologies : & fuft la bonne dame fruftree des iournées de fa poulle.

Tv doibs croire, que la bonne femme ne l'aymoit moins que *Honorius* Empereur fils de *Theodofe* aymoit la fienne, qui eftoit nommee Romme. Lequel ayant entendu , que *Alaricq* Prince des Goths auoit prins Rome , qui eftoit Rome l'antique , fut grandement contrifté, eftimant que ledict *Alaricq* euft prins fa poulle : Comme *Zonare* hiftoriographe Grec (depuis faict Latin) a efcrit en la vie de *Honorius*. Ie te dy Rome l'antique, pour ce que les Empereurs Orientaux appelloyent Conftantinople , Rome la neufue.

EN femblable, tu acheteras des coqs

pour

pour les fortir, & fuffiront fix vingts
pour les douze cens, pour ce qu'vn coq
peut fatisfaire à dix poulles : Ils te pourront coufter deux fols fur piece plus que
les poulles, qui font quarante huict liures :
d'vn an & demy à deux ans font les meilleurs.

POVR le bien congnoiftre, tu con-
fidereras leur plumage, les noirs, roux
& tannez font les meilleurs : qu'ils ayent
la crefte droicte & decouppée, les yeux
rouges & eftincelans, le bec court &
crochu, bien ergottez, le march r fier &
fuperbe, voix forte & tonnante, & qui
chante fouvent, reprefentant vne maief-
té telle que failoit le coq des Perfiens,
qui eftoit parmy eux reueré & honoré
pour Roy, comme recite *Ariftophane*.
Pour le moins, qu'il monftre vne har-
dieffe, comme ceux que les Cariens,
peuples d'Afie la mineur, portoient fur
l'armet allans en bataille. Ainfi qu'*Ale-*
xandre d'Alexandre au heur non vulgaire
a laiffé par efcrit, és iours geniaux, chapitre xx. du premier liure.

Si tu veux prendre plaifir à en tirer
quelque diuination, que l'on appelle Ale-
ctoramantie, comme feirent *Iamblicque*
maiftre de *Proclus*, & *Libanius* fon com-
paignon, philofophes trefdoctes, du

B

temps de l'Empereur *Valens*, & expe-
rimentez en predictions des choses futu-
res, faire le pourras pour donner plaisir à
ces amys.

ET afin que tu n'ignore la rheorique
de telle diuination, ie t'en reciterai un
prognostique. Quelques grands seigneurs
curieux de sçauoir qui succederoit à l'Empire apres *Valens*, fauteur de la damnée
secte d'*Arius*, les prierent d'en faire res-
ponce selon l'art & experience qu'ils
auoient des choses : A quoy ils furent diligens, comme il aduient communement
que gens de lettres ne sont ingrats de
communiquer du fruict de leur iardin.

Iamblicque & *Libanius* choisirent
vne place fort vnie & poudreuse, de
competente spaciosité en plan esgal : En
la poudre de laquelle ils escriuirent les
vingt-quatre lettres de l'Alphabet, equi-
distantes l'vne de l'autre d'vne coudée,
qui est vn pied & demy.

CES vingt-quatre lettres ainsi escrites
& rangées, faisoient vne figure pentagone, ayant cinq espans esgaux, sur chacune desquelles lettres ils poserent deux
grains, l'vn de froment, l'autre d'orge.

LA figure dressee, prindrent un coq,
& apres auoir prononcé ces parolles :
Coq enuieux, Coq ialoux, Coq super-

be, mange le grain, laisse la lettre, Et
auoir faict un grand murmure par for-
me de battologie, laschent ce Coq char-
mé de ses parolles, qui recueillit quelques vngs desdicts grains estans sur les-
dictes lettres, lesquelles rassemblées &
conjoinctes par l'ordre qu'il avoit mangé
les grains, fut trouué que c'estoit sur les
lettres de T, H, E, O, D, Et se contenta
de plus chercher.

Les Philosophes rapporterent que le
successeur à l'Empire seroit vn *Theodosius*,
ou *Theodorus*, ou *Theodotus*, de quoy
Valens aduerty, fut indigné, & pour
crainte que ses enfans ne fussent frustrés
de l'Empire, feir mourir dé grands seigneurs portans ces noms, comme à lui
suspects. *Iamblicque* en fut mal voulu,
& changea sa vie à vne mort subite,
par vne portion de venin. *Vopiscus*
Lampridius & *Zonare* qui ont escript des
Empires Occidentaux & Orientaux, te
feront sage de ce prognostique.

Non sans raison ie te dy ceste petite
coudée, car si ta figure pentagone estoit
dressée par la mesure de la grande coudée,
qui est de neuf pieds, selon laquelle l'Ar-
che de *Noë* fut mesurée, ainsi qu'aucuns
speculatifs ont voulu dire, tu pourrois
faillir à ta diuination, & n'aurois cong-

B ij

noiſſance de la choſe que tu deſire ſça-
uoir.

TOVTESFOIS, pource que telles di-
uinations ſont impoſtures & faſcinations
des yeux des regardans, & qu'en cela
n'y a rien de verité, mais par menſon-
ge, tu n'y adiouſteras foy : car le men-
ſonge eſt touſiours vaincu & deuoré par
la verité : comme par exemple allegori-
que nous eſt monſtré au ſecond liure,
cinquieſme chapitre de *Ioſephe*, és anti-
quitez Iudaiques ; & VII. chap. d'Exode,
ou la verge de *Moyſe* veritablement con-
uertie en ſerpent, par le doigt de Dieu,
deuora les ſerpens fantaſtiques des magiciens de *Pharaon* : & les autheurs de
telle magie en reçoiuent finalemment
leurs ſalaires, comme *Iamblicque*, comme *Arphaxat* Magicien de Perſe qui fut
foudroyé comme le Bailly de Maſcon,
que le Diable emporta, recours à nos
annales : comme *Mathorin* & *Hollere*
magiciens parmy les anciens Goths, qui
furent meurtris & accablez : ainſi que
Olaus magnus a laiſſé par eſcript en l'hiſtoire ſeptentrionalle, liure troiſieſme :
comme *Oddo* de Dannemarch, qui fut
noyé & vne infinité d'autres.

OR retournons à nos poulles, pour
les traicter & gouuerner te conuiendra

auoir quatre feruantes, qui ayent larges
oreilles, pour bien receuoir tes comman-
demens : pieds de Cerf pour eftre diligentes à les executer : & la dextre doicte,
pour t'eftre fideles , & par laquelle nous
tefmoignons la foy & l'amitié , & qu'elles foyent accouftumées à fe taire & bien
efcouter : car c'eft vn vice feruil de ne
fe pouuoir taire , comme dict *Parmeno*
Terentian , en la Comedie d Ecyra , que
les Latins dient *Socrus*.

L'OFFICE defquelles fera de faire
retirer les poulles és Geliniers par chacun
iour, fur les cinq heures du foir au temps
d'Efté, & fur les trois heures au temps
d'hyuer. Et qu'elles foyent diligentes à
fermer les entrees & feneftres des geliniers, afin que par nuict le Regnard ,
ennemy naturel des poulles, ou le Pi-
toys , ou la Belette muftelle n'y puiffent
auoir accez.

ET le matin d'ouurir les entrées & feneftres, pour donner yffuë aux poulles :
apres qu'elles feront forties nettoyer &
decrotter les montouers : rafrefchir les
abreuoirs d'eau nette , parce que l'eau
courpie fouuent leur caufe la pepie , &
les rend malades.

PAR iour, elles feront foigneufes de
vifiter les panniers s'ils font fournis de

foing, & s'il conuient les rafrefchir : ce
qu'elles doiuent faire par chacune fepmaine, pour crainte d'vn engendrement de
Poux, Puflerons & vermines, qui em-
maigriflent les Poulles, & leur caufent
la gratelle.

S E M B L A B L E M E N T feront atten-
tiues de recueillir les œufs, & les rapporter par compte à la femme, qui les ar-
rangera fur belle paille blanche, en lieu
de grand & libre air, pour eftre tenus
frais. (Ie ne dys pas recens :) Ces mefmes
feruantes apres auoir ietté mangeaille
pour le matin d'orge & d'auoyne, aucu-
nes foys des vefferons : efpandront les fumiers de ta court, & ietteront encores
quelque mangeaille fur iceux, afin d'oc-
cuper les poulles à la chercher & gratter
lefdicts fumiers. Et fur le midy, de re-
chef leur bailleront à manger, les appel-
lans au manger, auec haults critz, pour
eftre recongnuës par les poulles, qui ai-
féement recongnoiffent leurs nourrifsiers
& les fuyuent : comme faifoit le paffe-
reau de *Lifbia Catullienne*, le perroquet
de *Corinna Ouidienne*, le merle ou gri-
ue d'*Agrippine*, femme de *Claudius Cefar* le corbeau du Cordonnier Romain,
qui donnoit le bon jour à *Tibere*, à *Ger-
manique*, & à *Drufus*, qui fut achepté

vingt sesterces, reuenans à cinq cens escus de nostre monnoye, selon la supputa-
tation de Budé, à vingt-cinq escus pour
sesterce : Et le semblable elles feront peu
parauant que de les faire coucher.

Si ton accin a deux arpens d'enclos,
tu pourras en mettre demy arpent en labourage à quelque recoing, où les poulles
pourront aller gratter par iour, & se veautrer en larene, chose à quoy la poulle
prend grand plaisir. Et renouuelleras ce
labour par chacun moys à ce que la terre
ne soit rendurcie, & que la poulle la
puisse aisement gratter, sans s'offenser les
ongles.

QVAND ton mesnage sera dressé par
ceste façon, il te conuient pratiquer en
ladicte ville de Paris, douze ou quinze
medecins, selon qu'ils sont respandus en
diuers endroicts de ladicte ville, non pas
des Appollinaires imberbes, qui s'estu-
dient à l'obseruation de ciuilité pour trou-
uer femme, mais des Esculapiens barbus,
comme le medecin Florentin, homme de
singuliere doctrine & rare en l'experience
de son art, & entre autres choses renom-
mé pour le conseil donné à sa fille pour-
suyuie d'amour impudique, par *Ladis-
laus* Roi de Naples & de Hongrie, qui
tenoit Florence afsiegée, comme *Laoni-*

cus *Chalcondila*, autheur Grec a laiſſé par
eſcrit en l'hiſtoire de l'origine & geſtes
des Turcs Othomans, liure cinquieſme.

T e l s medecins anciens permettent
aiſéement les neceſsitez à nature , & con-
firment l'Edict ſalutaire de *Claude Ceſar*
Empereur , lequel (comme teſmoigne
Suetone) permiſt en banqueſt & com-
pagnies , de librement & ſans vergongne
laſcher le vent du ventre . ayant ſceu que
certains perſonnages colli ueux & hon-
teux , pour l'auoir retenu en eſtoyent
morts. Comme en ſemblable *Ciceron* en
la vingt-deuxieſme du neufieſme liure de
ſes epiſtres , diſoit qu'il failloit que le pet
fuſt autant libre que le rot , ſuiuant l'op-
pinion des Stoiques.

L e s premiers veulent entrer en prati-
ques, les derniers ſont vieux peteux qui
en ſont tous courbez, & ont ſenty que
vault la retention de telles marchandiſes.

T v leurs feras entendre, que par chaſcun iour tu as moyen de fournir leurs
patiens d'œufs frais pondus, du iour au
lendemain, dont ils les pourront aſſeu-
rer : Tu les aduertiras auſſi des reuendereſſes que tu y commettras pour la diſtri-
bution.

A v s s i il faut prendre garde de ne
t'adreſſer aux medecins qui ne ſeruent que
qui

de proumener leurs mulles , comme ceux
qui eſtoyent obſeruez par Maiſtre *Fran-*
çois Rabelais Pentagrueliſte , au partir du
logis ſur les ſix heures du matin , qui re-
tournoient à vnze heures ſans coup ferir :
car tu t'en troũueras deçeû , pource que
ceux-là ſont eux-meſmes patiens d'impa-
tience , pour l'intelligence des epoptiques
& acromatiques diſputations d'*Ariſtote* ,
qu'Alexandre ſon diſciple , depuis monar-
que , eſtimoit eſtre ſeulement digne de luy
& de l'autheur , Teſmoing *Quinte-Curſe*.

Sᴇᴍʙʟᴀʙʟᴇᴍᴇɴᴛ , tu prendras habitude & cognoiſſance à quinze ou vingt reuendereſſes & regratieres , de celles qui
ont la babillouere mieux enmanchée , qui
ſont eſpanduës par diuers endroits & car-
refourgs de ladicte ville : comme aux Halles & la porte Baudays , à la place Maubert , à petit pont , à la pierre au Laict , à
la porte de Paris , au cimetiere S. Jean ,
& autres lieux , leſquelles tu aſſeureras de
leur fournir par iour à chaſcune vn certain nombre d'œufs frais pondus , qui les
vendront & diſtribueront à ton proufit ,
avec ſallaire moderé , comme ſera dict cy-
après.

Aʏᴀɴᴛ tenu ceſt ordre , tu ſeras ſoigneux & diligent par chacun iour faire
porter tes œufs aux reuendereſſes , le ſoir

C

pour le matin , auec deux Afnes , qui por-
tent à fomme , car cet animal y eft fort
propre , à caufe qu'il a le marcher tardif,
pour ne caſſer les œufz : mais prens garde
de ne les laiſſer manger des figues, afin que
tu n'en creue de rire , comme feit le Philoſophe *Cryſipus* , ainſi que *Diogene La-*
ertien eſcrit en ſa vie. Le ſemblable eſt
attribué à *Philomenes* , comme recite
Valere le grand ès chapitres de la mort
non vulgaire.

Maintenant reſte à te faire cognoiſtre
le proufit qui te reuiendra par chaſcun
iour de ta fomme : tous frais faicts , im-
penſes déduictes, la penſion de ta maiſon,
payée , le ſallaire de tes feruantes , la re-
cognoiſſance envers les médecins , les
reuendereſſes contentes, la deſpence des
Afnes & aſnier precontée, & la mangeaille : car ſur la vente de tes œufs ne ſe pren-
dra impofition ou gabelle , comme ſe faiſoit du temps de *Iean Ducas* , Empereur
de Conftantinople, & fucceſſeur à *Théo-*
doſe Laſcaris , qui eſtoit ſi exceſſive , qu'en
peu de iours la Couronne d'*Irenée* Ceſa-
reſſe ou Imperatrice en fut enrichie de
pierreries d'un admirable valeur ; comme
Nicephore Gregoire a laiſſé par eſcrit au
troiſieſme liure de l'hiſtoire Bizantine , au
chapitre de la famine des Turcs.

Tv vendras ou feras vendre chafcun œuf frais aifément fix deniers piece, car ie te puis affeurer que il y a mille perfonnes dedans la ville de Paris, qui bailleront liberallement & volontiers pour chafcun œuf vn Carolus, s'ils eftoyent affeurez qu'ils fuffent frais, de iour à autre, quand ie dirois deux milles perfonnes, ie penferois ne rien auancer contre vérité.

Combien y a-t-il de Gentils-hommes & Damoyfelles qui defireroyent fur le matin l'œuf frais? combien y a-t-il de bourgeois & bourgeoyfes touchez du même defir? combien de perfonnes vieilles, qui ennuyez de chair, fouhaitent l'œuf frais pour vn difner? car tu n'ignores pas que l'œuf de fa nature eft prompt à nourrir & nourrift délicatement, & caufe le bon fang: comme temoigne *Alexandre Aphrodifien* au liure fecond, queftion quarante huit de fes Problemes.

Albert le grand dict, qu'il repare autant de bon fang en la perfonne, que le vitel ou moyen eft gros & fe convertift tout en aliment.

Ie ne t'ay encore mis en compte les malades, qui par néceffité en ont befoing, aufquels en fera ordonné par les Medecins que tu auras en main pour ceft effect, le nombre defquels malades furmonte par

chafcun iour en ladiᵈᵉte ville , de mille
perfonnes , fans toucher à ceux qui con-
tent les iours de leurs diettes , que l'on
veut retirer par la queue , pour avoir efté
trop ardens à rechercher leurs moytiés &
reffembler l'endrogine , aufquels fera befoing de ta marchandife.

Tv cognois donc par cefte deduction
que tu demeure affeuré de la vente & déli-
vrance de tes œufs par chacun iour , quant
tes poulles feroient deuoir de faire leurs
iournées , & qu'à peine fuffiroient pour la
fourniture des malades.

Or rentrons à noftre compte , tu ne
peux par chacun iour recueillir de tes
douze cens Poulles moins de huiᵈ cens
œufs , qui font deux tiers du nombre,
laiffant l'autre tiers de tes Poulles qui fe
repofent , parce que la faifon n'eft pas
toufiours propice à toutes Poulles , principallement au temps brumal & d'hyver :
mais tu les ayderas par diftribution de
fenu grec, que le vulgaire appelle dragée
aux Cheuaux , & d'Orge demy-cuiᵈ , qui
les tiendra en chaleur.

Huiᵈ cens œufs, par arimetique fup-
putation , à fix deniers piece , rapportent
cinquante fols pour cent , qui faiᵈ en
nombre produiᵈ vingt livres par iour :
pour les huiᵈ cens, fept vingts livres par

femaine, & fept mil trois cens livres par an, vtil & folaire.

Deduifons l'impenfe, & ce qui reftera nous l'appellerons proffict : car les Iurifconfultes difent que nous n'apellons point fruict ou proffict finon ce qui refte apres que l'impenfe eft deduicte, comme *Papiniam* Iurifconfulte trefcelebre l'a bien deffiny, au vingt-quatriefme livre des Pandectes, fouz le tiltre de la repetition du dot, après le mariage diffolu.

Premier, pour la penfion du manouer & logis par chacun iour vingt folz, qui difent par an trois cens foixante & cinq liures : i'entens l'an folaire, felon les compotiftes, ou vtil felon les legiftes, confiftant en trois cens foixante-cinq iours : Et me femble qu'il fe trouvera prou de logis pour ce pris.

Pour les quatre feruantes vingt folz par iour, qui eft pour chacune en nourriture & fallaire cinq folz, revenant par an à pareille fomme de trois cens foixante-cinq liures. Tu fçais combien la fobrieté eft recommandée à chambrieres, qui regimbent quand elles font graffes (ainfi comme l'on dict que Moynes en muë) qui murmurent quand ils font plains : entre lefquelles ne font entenduz ceux qui par fincere confcience s'exercent comme ils fe font vouez

à la contemplation des choses diuines, en
l'ame desquels la contemplation prend sa
perfection, selon les théologiens, car de
toutes compaignies les bons sont tousiours
respectez & les mauvais notez. Mais ie
n'entens pas aussi, que tu sois si fort espar-
gnant la nourriture à tes servans, comme
estoit *Albic Posonien* Euesque en Hongrie, qui souloit dire, que de tous les
ions, celuy des machoueres luy estoit le
plus grief & moleste, tant il estoit sordide
& auare, qu'il desdaignoit veoir ses ser-
viteurs manger : ainsi qu'*Aeneas Syluius* a
escrit aux chapitres trente-cinq & quaran-
te-deux de l'histoire Bohemique.

Pour la dépence des Asnes, encore
qu'il croisse ordinairement force chardons
ès environs de telles métairies, nous mette-
rons cinq sols par iour, reuenans à quatre-
vingt vnze livres cinq solz par an.

Et pour l'Asnier, duquel on peut tirer
quelque autre seruice, après qu'il aura
conduict ses Asnes au port des œufs [pour
ce qu'en ne faisant rien il apprendroit à
mal faire, comme dict *Caton le censeur*]
ne luy faut moins qu'à vne chambriere,
qui sont cinq sols par iour, & par an
quatre-vingt vnze livres cinq sols, lequel
néantmoings tu aduertiras de ne tant char-
ger ses Asnes, qu'ils ne puissent encore

bien porter, ou la patience, ou le murmure qui fe trouue ès Couuens d'aucuns
Moynes non reformez.

Cefar Augufte après la victoire Actia-
que contre *Antoine*, iniurié de l'amour
de *Cléopatre* Royne d'Egipte, allant veoir
les nauires captiues, trouua inopinément
un afnier, duquel il demanda le nom, qui
luy dift eftre appellé *Fortuna* & fes Afnes
Victorius, congratulant à la fortune &
victoire d'Augufte. Tu pourras fentir le
fruict des tiens de pareille congratulation,
& augure de bonne fortune contre les
pertes que tu as faictes, & de victoire contre ceux qui t'ont voulu ranger à neceffité
& pauvreté miferable, fi tu fais la diligence requife à ta negotiation comme
Augufte faifoit en ces guerres, fans t'en-
dormir en tes délices & plaifirs, comme
faifoit *Antoine* avec *Cléopatre*.

Svffira pour la naingeaille par iour,
de deux feptiers parifis, tant en orge,
auoyne, que veſſeron. Au temps d'hyuer
du bled cornu, que les Champenois appellent bled Sarrazin, à vingt-cinq folz le
feptier, font par iour cinquante folz, &
par an fept cens quatre-vingt fept livres
dix folz.

Qvand aux médecins, aucuns fe paye-
ront de ta marchandife, comme ceux qui

ont famille & petits enfans, que tu re-
cognoiſtras par ſepmaines, de quelque
quarteron d'œufs frais, portez du leudy
pour le Vendredy & Samedy : Et aux Paſ-
ques quelques cent d'œufs rougis, pour
faire preſens à leurs voiſines, comme reuenu de leur praticque. Ceux qui n'ont
famille & qui cherchent femme & maiſon
ſuyuant le precepte de *Xenophon* en ſes
Oeconomiques, tu les pourras remettre
aux poullets nouueaux, leur preſenter la
veuë de ton meſnage, leur réciter le plai-
ſir que l'on y reçoit, afin de les haſter de
ſe ietter au filet de l'heureux infortuné,
& cependant les honorer de quelques petits préſens.

Si tu auois moyen de recouurer des
poulles de la race de la geline qui les en-
gendroit tous formez, ſortans du ventre
grattant & piolant à la ſuitte de la mere,
à l'inſtant de leur naiſſance, comme recite
Apulée au neufieſme livre de ſon Aſne,
tu leur donnerois argument de plus haute
philoſophie ſur telle nouueauté, que ſur
le doubte qu'ils font, ſi les œufs ronds
font les maſles, & les longs les femelles,
En quoy *Albert le grand*, ſinge d'*Ariſtote*
veult contrarier à ſon maiſtre, au ſixieſme liure des animaux.

Et les trouueras auſſi empeſchez à re-

fouldre cefte queftion , comme celle que
l'on faict , pourquoy il eft plus de Brebis
que de Loups, en confidération qu'vne
Brebis n'en engendre qu'vn , ou deux peu
fouuent , & la Louue huict ou neuf : Et
pour vng Loup ou Louue que l'on occift ,
l'on tue mil que Brebis que moutons, voire
dix mil : car la raifon amenée par *Hero-*
dote Halicarnaffien en fa mufe Talia, troi-
fiefme liure , qui dict que nature a faict
les animaux feroces , peu fecons & peu
fetueux , parlant de la multitude des Ser-
pens & Viperes , qui gardent en Arabie
les Arbres thuriferes & diftilans l'Encens ,
ne fe peut adopter aux Loups qui font fé-
roces & rauiffans. Mais retournons à noftre defpence.

Pour l'entretenement defdicts médecins
ie faicts eftat de deux cens foixante liures
par an, ainfi nos médecins n'auront occafion de plaincte d'eftre falariez d'vn petit
poullalier : d'autre fidélité toutefois que
celuy qui paya la peine du faulx rapport
qu'il auoit faict au Conful *Papirius* le cur-
feur , au fiége d'Aquilonie , ville des Sam-
nites : duquel *Valere le grand* a faict memoire en fon feptiefme liure , cinquiefme
chapitre.

Aux reuendereffes tu leur bailleras cinq
fols pour cent , à la charge qu'elles ne

vendront foubz ton nom œufs qui ne
foyent des tiens , qui feras en fomme
par fepmaine fept liures tournois , &
par an trois cens foixante & cinq livres.
Et enquoy tu ne feras rien contre l'o-
pinion de Socrates , qui blafmoit ceux
qui achetoyent de gros marchans pour
reuendre à autres en detail , comme dom-
mageable à vne republique

Doncques , fuputation faicte , fur vingt
liures de la vente de tes œufs par iour,
reuenant à fept mil trois cens liures par
an , conuient rabattre la fomme de deux
mil fept cens trois liures quinze fols tournois pour la defpence cy deffus iettée.

Ains te refte de profit par an , la fomme de quatre mil cinq cens quatre vingts
& feize liures cinq fols.

Et quand la ponte de tes Poulles ne
feroit que de fix cens par iour , laiffant
les autres fix cens en repos & attendre
leur faifon , encore te refteront quinze liures pour iour , & par an trois mil quatre cens quarante fept livres trois fols
neuf deniers , toute defpence deduicte.

Qui me femble un gaing & profit
honnefte , fur l'employ d'vne fi petite
fomme , hors de toute fordide vfure ,
par le moyen duquel tu pourras feftoier
tes amys , & mener une vie ioyeufe :

ie ne dy pas prodigalle, comme d'Esope
tragicque avec son plat de petits oyseaux :
duquel faict mention *Pline* au chapitre
cinquante & un , du dixiesme liure de
l'Histoire naturelle , ny si friande ou
gourmande que d'*Apitius* , qui fut du
temps de *Tibere l'Empereur* : ny si
splendide & magnifique , comme celle
de *Luculus* , remarquée par *Plutarque*
és vies des hommes illustres , pour le
bancquet delicat faict à l'improviste à
Pompée & *Ciceron* , la despence duquel
ne fut moindre de douze cens cinquante
escus , qui disent cinquante sesterces Ro-
mains : ou de *Pomponius Atticus* : Aussi
ne dy ie pas si estroicte en frugalité ,
que celle du *Curius Dentatus* , qui vi-
uoit de raves : ou de Pertinax , qui fai-
soit deux fois d'vne laictuë : ny si ville
ou espargnante qu'*Epaminondas* Thebeien grand seigneur , qui gardoit la
chambre pendans qu'on rabilloit ses ves-
temens , pour n'en auoir à rechanger :
mais temperée & modeste , comme celle
des Roys d'Egypte , qui parauant que
prendre la viande , disputoyent de mo-
destie , vivoyent de chair de veaux ,
prenans plaisir és bancquets plus ioyeux
que sumptueux ou exquis : Et si ne tom-
bera és peines de la loy Iulie numerale ,

qui auoit presiny la taxe de l'impense qui
se feroit és bancquets & conuives.

ET pource que i'ay estimé estre mal
seant à vng homme faisant profes-
sion d'vn art ou negociation d'vne mar-
chandise, ignorer les natures & tempe-
ratures des choses qu'il a entre mains,
ie n'ay voulu faillir t'advertir des maladies qui suruiennent aux Poulles & Coqs,
& des remedes quand il les faudra chan-
ger & renouueler par surrogation d'autres afin que ton nombre n'apetisse, comme tu sçais que par surrogation toutes
especes premieres ont entretenu leur
estre, & desirent y estre perpetuées :
ainsi que la diuine Diotime l'enseigne
à *Socrate*, au second liure du festin de
Platon, autrement le Sympose.

La plus commune maladie est la pepie, ou pituite, qui est maladie à la
langue, le bout de laquelle s'endurcist
en façon d'vn cartilage, & pert la Poulle
le goust du boire & du manger, & in-
fecte les Poulles, principallement entre
la moisson & les vendanges.

Ceste maladie procede ou pour auoir
long-tems esté sans boire eau rafrais-
chie, ou pour auoir beu de l'eau or-
de & puante. Et pour la guerir faut
prendre la Poulle, & lui oster la su-

perfluité qui eft fur la langue, endur-
cie par le bout : & apres luy lauer la
langue & le bec d'huylle en laquelle y
aura trempé vne gouſſe d'ail, & mettre parmy ſa mangeaille de la ſtaphiſa-
gre, ou bien frotter ſa langue auec de la
ſaliue, ou du vinaigre adoucy en la bouche de la ſeruante.

Vne autre maladie eft le catharre ou
fluxion qui tombe aux Poulles, qui leur
faict bailler les aeſles, & ternir la creſte. Le remede eft de leur trauerſer les
naſeaux d'vne plume, qui fera ouver-
ture à la fluxion qui eft arreftée, & leur
cauſe vn aueuglement. Auſſi fera bon
tiedir leur boire en tems brumal, par
ce que telles maladies ne procedent que
de morfondure, ou auoir beu eau ge-
lée, ou coucher à la lune mere d'humi-
dité.

Contre les Poux & vermines qui amai-
griſſent les Poulles, & les rendent lan-
guides & infecondes, ie t'ay dict le
moyen d'y remedier : mais quand le mal
eft advenu, le remede eft de les bai-
gner en petit vin, ou boiſſon, en laquelle aura cuict du Comin ou Staphi-
ſagria, que les vulgaires appellent mort
aux Paux, & en applicquent ſur les teſtes
des petits enfans auec vnguens.

Si tu doute , comme ie le fçay , n'alleguant autheur pour en faire preuue , ie l'ay appris du vulgaire , de la façon que les fapiens des Hebrieux , nommez Caballiftes , ou les fages des Gaullois , appellez Druydes , apprenoyent leurs fciences par tradition de bouche en bouche , & de main en main , fans lettres dont eft venu qu'en noftre France l'on fe gouuernoit iadis plus par couftumes non efcrites, que par loix efcrits : comme *Iules Cefar* l'a laiffé par efcript és Commentaires de la conquefte des Gaulles , liure fixiefme fur le commencement.

Les anciens ont efcrit certains remedes pour garder la Poulle du Regnard , mefme Paladius és liures ruraux, comme d'enduire les parois du Gelinier du fiel de Regnard , de couper par petits morceaux de la chair de Regnard parmy la mangeaille , pour caufer au Regnard horreur d'approcher pour le fentiment de la mort de fon femblable , que nature abhorre : comme le recite *Pline* au vingt neufiefme liure de l'hiftoire Naturelle, vnziefme chapitre : mais le fouuerain remede eft, que tu tienne les huis & feneftres bien clofes & fermées par nuict : que par iour les feruantes aillent & viennent fouvent par tous

les endroicts de ton clos , & qu'il n'y ayt
ny bois amaſſé , ny pierres , ou les beſ-
tes puiſſent faire retraicte : car les animaux qui viuent de rapt , ont touſiours
vne craincte conioincte à leur aſtuce &
volonté de rauir.

Sur la ſaiſon Automnale , tu tireras
par chaſcun an quelque cent ou deux
cens de tes Poulles des plus vieilles , &
celles qui ont les ongles les plus longs
& gros , qui ſont les plus vſées , au lieu
deſquelles tu en mettras de ieunes de la
qualité que i'ay eſcript cy deſſus.

Si d'auenture tu eſtois en opinion de
garder tes œufs d'vne ſaiſon pour vne
autre , tu les doibs arranger ſur gerbes ou
paille bien fraiſche , le bout le plus aigu
en hault , ou bien les mettre en panniers en ceſte façon : & qu'ils ſoyent re-
couuers de paille , afin que la trop grande chaleur ou froidure ne les tourne :
Si tu en veux choiſir pour tes amis , prens
Candida , *longa* , *noua* , ſuyuant l'opinion
de Sallerne.

Les autres deux arpens qui reſtent à
l'enuiron de ton accin , ſeront commo-
des pour ſemer de l'orge , qui eſt graine
fort propre à la nourriture des Poulles :
Si tu auois moyen d'en recouurer de la
ſemence d'Ethiopie , où habitent les

Iuifs des lignées de Dan , Nephtalin ,
Cad, & Aſſer, pres le fleuue Sabbatique,
Que le rabin Moſes a voulu dire eſtre le
fleuue que l'eſcripture ſaincte appelle
Gozan , elle ſeroit ſinguliere , parce que
le grain en rapporte cent comme *Eldad*
Danus Hebrieu a eſcript en ſon Hiſtoire briefue & bragarde , de l'Empire
des Iuifs clos en Ethiopie.

Ie te reſcrirois plus amplement les autres profiêts qui concerne la nourriture
des Poulles , & de quelles proprietez elles ſont , & ce que l'on peult tirer de
leurs ſubſtances : mais ma fin n'a eſté que
donner aduis comme pour petite ſomme
tu pourras auec petit trauail tirer un
grand profit , afin que tes pertes plus
facillement s'oublient : & te fault accouſ-
tumer au bruiêt & glouſſement d'icelles,
pour n'eſtre veu plus delicat que le bon
Philoſophe *Socrate* , qui le ſupportoit ai-
ſement , pour ce qu'elles luy pondoyent
des œufs , comme faiſoit le murmure &
injures de *Xantippe* , ſa femme à cauſe
qu'elle luy faiſoit des enfans.

PAR chacun iour tu pourras veoir ton
meſnage & te promener comme les pe-
ripateriques és enuirons de ton accin : &
conſiderer le debuoir des ſeruantes, que
tu rendras par ce moyen plus ſoigneuſes
&

& diligentes, & tes Poulles mieux traic-
tées, car l'apophthegme dict que l'œil du
maiftre faict le feruiteur plus prompt &
le Cheual plus gras, comme refpondit le
Perfien à l'interrogat qui luy fut faict fur
pareille queftion, du quel *Ariftote* faict
memoire au premier liure de fes Oeconomiques : quoy que ce foit, dreffe ton
mefnage par tel ordre, que l'on ne donne
point les os aux Afnes, & les chardons
aux chiens.

La chambriere de *Prometheus*, nom-
mée experience, qni l'alla feruir apres
qu'il eut attiré du ciel les arts liberaux,
& laquelle *Prometheus* prochain de la
mort legua par teftament aux fages,
pourra en peu de temps t'affurer, ou de
continuer cefte trafique & negociation,
ou la delaiffer : C'eft l'vn des quatre feruantes qu'il te conuient auoir, auec fa
compagne diligente.

Tv ne dois auoir regret de laiffer ton
lieu ; l'amenite du ciel accouftumé, ton
voifinage, tes parens & amys : car tu
fçais quelles incommoditez apportent les
guerres ciuilles, efquelles (comme dict
Ciceron à *Marc Marcel*, au quatriefme
hure des Epiftres familieres, & Valere
Maxime au fixiefme chapitre du droict
de triumpher) n'eft rien plus trifte que

D

la victoire qui se gaigne par effusion de
sang domestique : Et non sans raison
dict le prouerbe, que la guerre est douce
à ceux qui ne l'ont experimentée : Ce
qu'*Erasme de Roterodam*, homme rare
en toutes bonnes lettres, a dilaté par
exemples en la Centurie premiere de la
quatriesme Chiliade. Comme aussi bien
aisément tu peux inger de present : tu
sçais que pour fuyr pauureté, le marchant s'expose par mer & par terre aux
chaleurs, delaisse son ciel & sa patrie.

ET pour le doute que tu pourrois avoir
de n'estre asseuré en ton cloz contre la
violence des brigans ou du gendarme
ie te souhaite pour la garde d'iceluy,
ou le serpent sans sommeil qui gardoit
les iardins des *Hesperides*, renommez
pour leurs pommes d'or, occis par *Her-*
cule Thebeien, ou les taureaux fu-
mans, qui gardoient la toison d'or en
l'isle de Colchos, souz le Roy Oetes,
pere de *Medée*, qui furent combatus &
domestiquez par *Iason* Thessalien, au
voyage des Argonautes : recours aux Me-
tamorphoses d'*Ouide*, quatriesme & sep-
tiesme liures : Mais plus que tout cela te
seruira vn tableau de trois fleurs de Lys,
authorisé du Roy, qui aura efficace plus
grande que garde que tu puisse desirer.

POVR conseil final, ie te prie continuer en l'amour & crainte de Dieu, obéissance de ton Prince, & de ses Magistrats, reuerences à toutes superioritez, en la patience de tes pertes, faire ta negociation sans fraude, & tu cognoistras multiplication de tous biens : & comme Iuuenal dict en sa treziesme Satyre, tu te pourras dire estre le fils de la geline blanche.

CAR en ceste negociation ie te suade ; ie ne voy que diligence & secours à tes voysins, auec vn proffit honneste, qui surmonte toute vsure, voire la nautique ou traiecticie, qui pourroit causer enuie à d'autres de te suyure.

MAIS quand tu auras esté cogneu faire seruice à vne republique si excellente que la Parisienne, qui outtrepassé toutes celles qui ont esté celebrées par la Grece, & que tu auras donné la premiere entrée à tel mesnage, & rompu la glace (comme l'on dict) j'estime que les emulateurs en seront repoussez, comme furent ceux de *Furius Cressimus* citadin Romain, ennuyé par ses voysins pource que en peu de terre tiroit plus de fruict qu'ils ne faisoient d'vn ample labourage, lui imputant qu'il usoit d'incantations, lequel ayant produict les

D ij

inftrumens ruftiques, diligens feruiteurs,
mefme fa propre fille ardente au mefnage, fut renuoyé de l'impofture d'en-
chantemens à luy mis ainfi qu'efcrit
Tite Liue : & d'auantage, ta felicité leur
feruira de paffion, comme il aduient aux
enuieux.

Ie fçay d'autres expediens aufsi prompts,
mais ils ne pourront rapporter proffit
plus grand que de fix liures par iour,
toutes charges faictes : Si le premier te
femble mal propre pour ton naturel,
fais le moy entendre, pour te dreffer
moyens à vn autre plus aifé & non moins
delectable, mais de plus petit proffit.

Quelques uns trouueront ce confeil
ou eftrange, ou ridicule, ou paradven-
ture de difficile execution : De le trou-
uer eftrange n'y a pas grande raifon,
confideré de nourrir des poulles pour
en faire trafic ce n'eft nouuel, fi nous
croyons ce qu'a efcrit *Celius Rhodigi-*
nus, autheur bien remarqué, au qua-
torziefme liure, cinquantiefme chapitre
des Antiques leçons : Qu'en l'ifle de De-
los, autrement appellée Ortigie, pour
l'abondance des cailles, l'vne des Ciela-
des la plus celebrée de la mer Ægée,
fe font trouuez plufieurs qui ont faict
eftat & trafique, de nourrir poulles pour

en tirer proffit, lefquels eftoient telle-
ment verfez par debuoir affidu à la co-
gnoiffance d'icelles, qu'ayfément à veoir
l'œuf ils iugeoient de quelle poulle il
eftoit forty.

Vendre des œufs eft chofe non moins
commune, recours à la gabelle qui y fut
impofée du temps d'*Honorius* Empereur,
comme il eft dict cy deffus.

De mocqueries l'on ne peut eftablir
chofe tant foit elle bonne ou tant bien
ordonnée, que le mocqueur n'y puiffe
mettre la dent, quant enuie a faict im-
preffion en fon cerveau, & qu'elle y a
prins domicille, pour paffionner fon
hofte.

Et pour te refouldre de telles difficul-
tez, retiens ce qu'en dict *Agathon* jeu-
ne gentilhomme en l'oraifon qu'il a faicte d'amour, au feftin ou fympofe de Platon, qu'il faut plus craindre le iugement
de peu d'hommes faiges, que de plufieurs ignorans ou mocqueurs : car les faiges tart lafchent la bride à leurs langues,
& admonneftent pluftoft à bien, comme
le femblable a dict Ciceron au commencement de fon oraifon pour Gn. Plan-
tius, contre M. Laterenfe, que le iugement de dix hommes faiges & graues en
vne cité, importe plus que toute la po-

pulace , qui le plus souvent iuge sans
conseil & sans raison.

Si l'on te dict que l'inuention de ce
conseil est vieille , ie confesse n'en estre
le premier enseigneur , comme fut *Car-*
bilius des premieres lettres à Rome , ou
premier maistre d'escolle , mais elle n'a
esté praticquée que de nostre siecle : &
ainsi que dict *Horace* poete Lirique , le-
gitime censeur des mœurs corrompuës ,
beaucoup de choses renaissent , que le
temps deuorateur d'icelles auoit enseue-
lies comme mortes : lesquelles derechef
seront plongées és fleuues d'obliuion ,
puis se retourneront en estat par vicissi-
tudes des choses.

Estime cher amy , que le magnifique
Megret , ou autre alchemiste iamais n'a
mieux tiré auec ses fourneaux & alam-
bicqs la pierre philosophale , que tu feras
du ventre de tes Poulles , si tu y veux
conioindre le plaisir auec la peine : &
si feras hors du danger auquel sont tels
Alchemistes , qui voyent souuent tout
leur patrimoyne & le bien qui leur a
esté amassé par leurs prédécesseurs , estre
agité en vne fournaise , & du vent de
sofflets estre conuerty en fumée , (mais
garde le Regnard ,) Ce pendant tu prendras de ton amy ce qu'il te peut donner

en efperance de receuoir de luy chofe meilleure, fi elle vient en fa puiffance & que l'occafion s'y préfente, laquelle il faut prendre à beau poil par derriere, afin qu'elle ne s'en fuye.

Or doncques, pour la fin du compte tu en recueilliras le moyen de fuyr par honnefte exercice pauureté, ennemye de bonnes mœurs, fait vfage frugal des chofes que tu auras acquifes par labeur, & tu t'attireras vne reputation non vulgaire, qui fera efpandue par toute la France, pour la nouueauté de ton entreprife. Voire iufques à faire rire les *Catons*, & exciter la rate de *Democrite*.

Et finalement, vn contentement de ton amy, qui s'eft donné plaifir à leuer les fafcheries de ce temps nubileux, par lecture des chofes préterites, pour les rapporter aux préfentes, & t'en faire part.

F I N.

AVTHEVRS RECHER-
chez & citez en ce présent
traicté.

Platon.
Aristote.
Pline.
Xenophon.
Columelle.
Varron.
Ciceron.
Aphrodisée.
Alexandre d'Alexandrie.
Terence.
Nicephore Gregoire.
Horace.
Esope.
Valere Maxime.
Quinte Curse.
Diogene Laertien.
Aeneas Syluius.

Pa

Papinian.
Suetone.
Zonare,
Erasme.
Celius Rhodiginus.
Tite Liue.
Albert le grand.
Procopius Cesariensis.
Vopiscus.
Cesar en ses Commentaires.
Iosephe Iuif.
Belon.
Budé.
Eldal Danius Hebrieu.
Apulée de l'Asne Doré.
Herodote Halicarnassien.
Iuuenal.

Ce Discours a esté acheué d'im-
primer ce quinziesme iour de
Mars mil six cent douze.

E

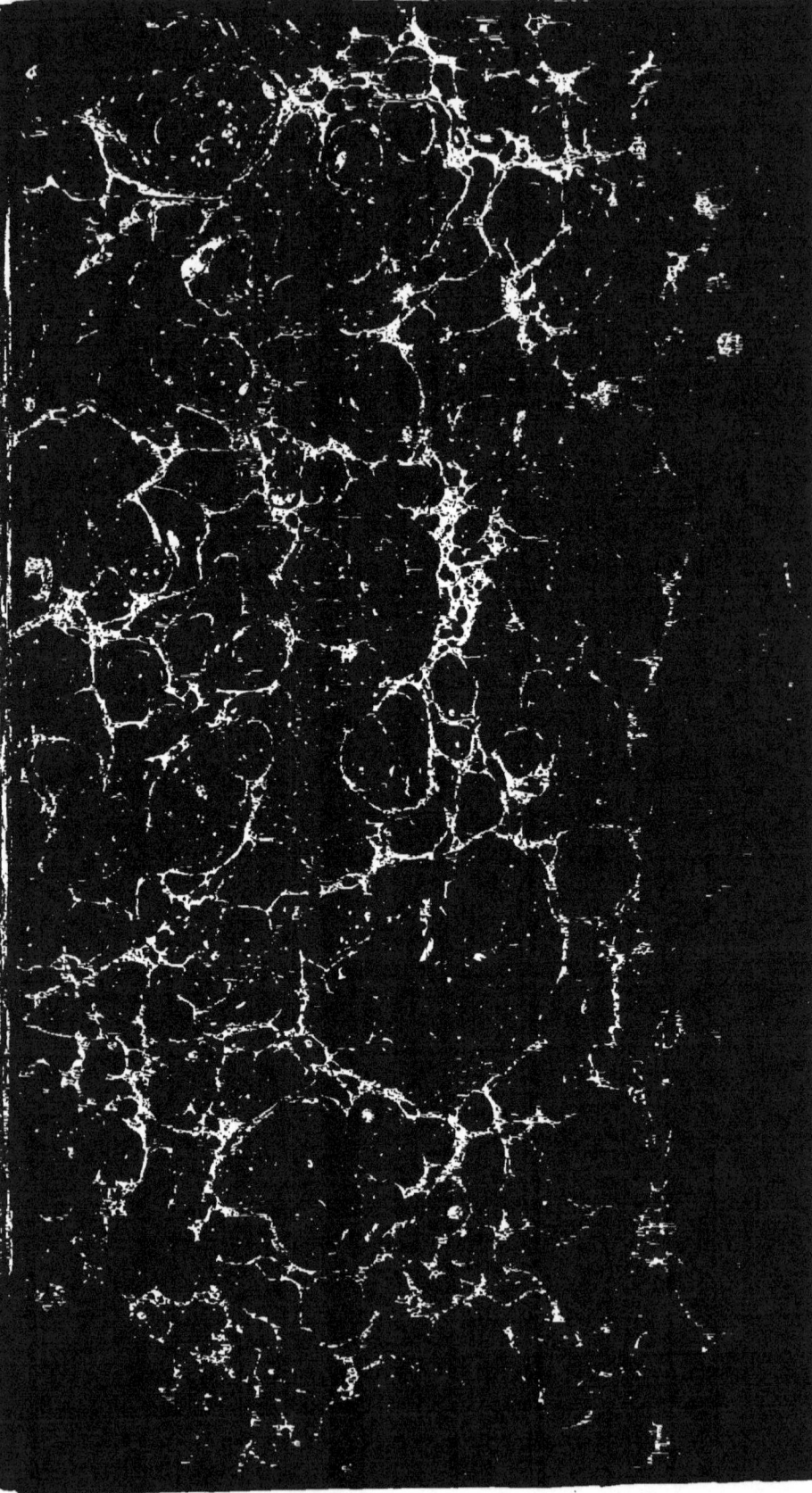

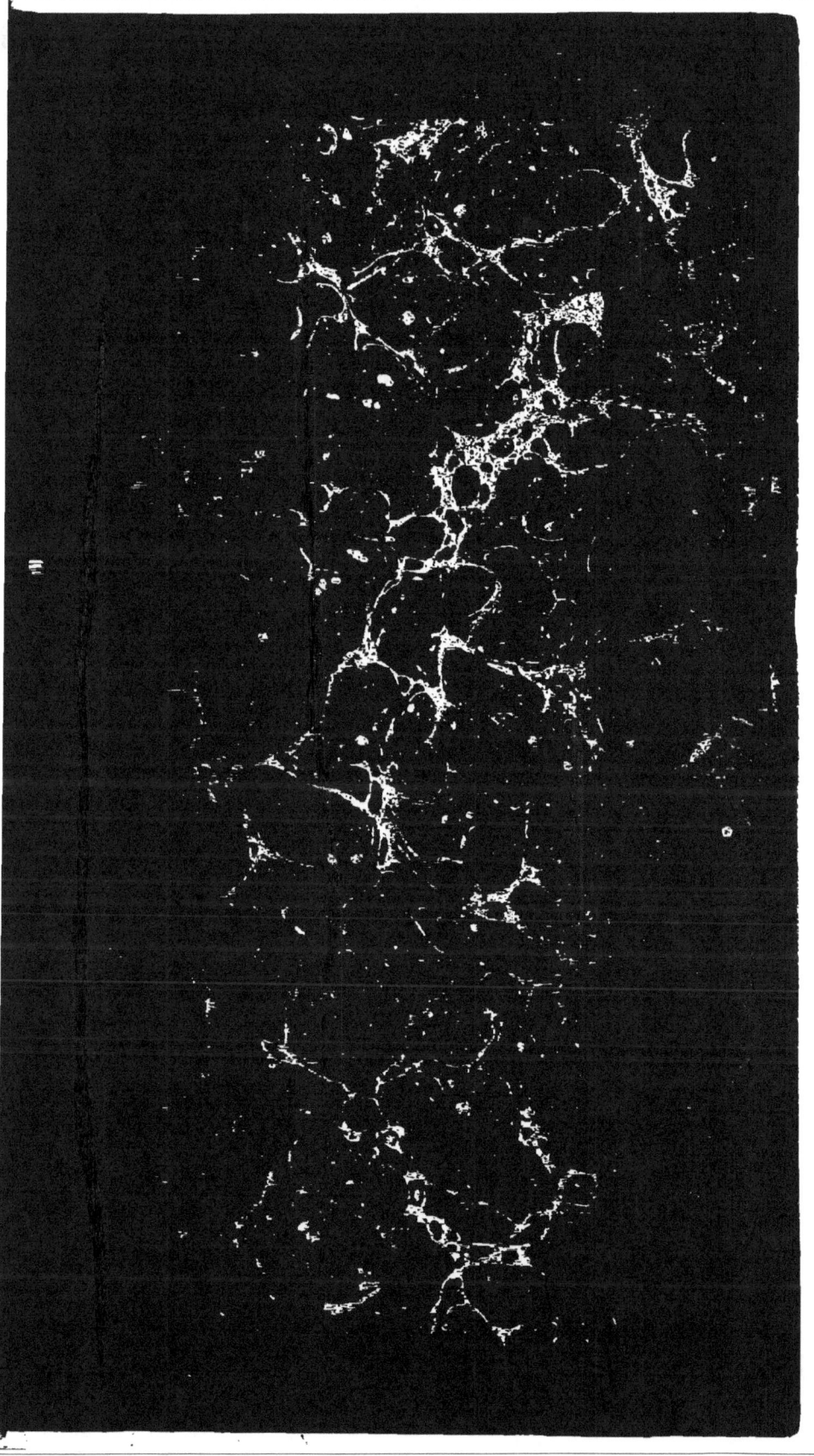

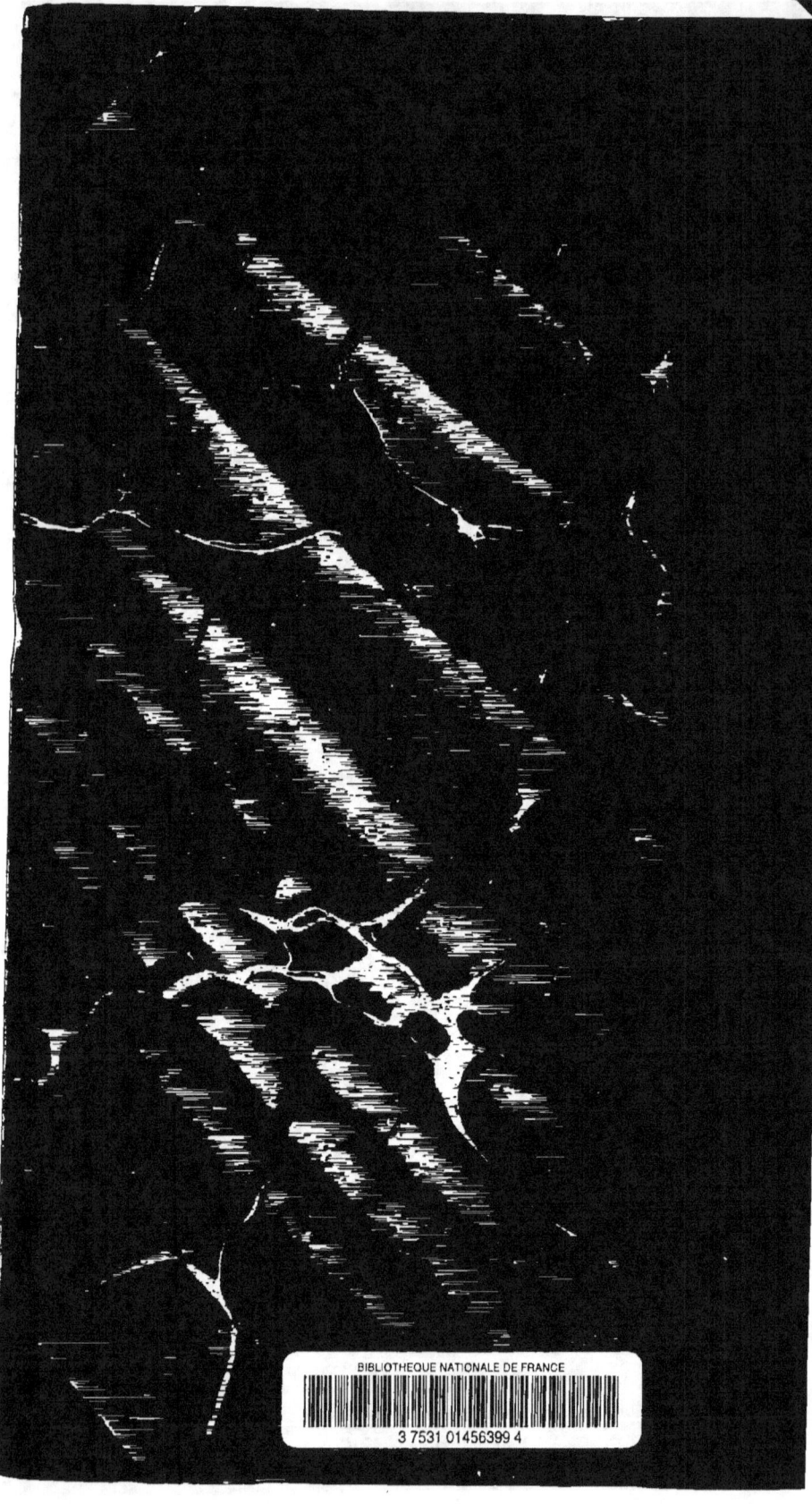

www.ingramcontent.com/pod-product-compliance
Lightning Source LLC
Chambersburg PA
CBHW060822180626

46818CB00002B/915